長編詩
冬に朽ちていく花

二野宮 昭

海鳥社

まえがき

大阪暮らしをしていた、ある年の早春。幼い鶯が僕のマンションの部屋の窓ガラスに衝突、脳震盪《のうしんとう》でも起こしたのか、引っくり返ってしまいました。頓死《とんし》したという感じではなかったので、籠を買って飼ってみようかとも思いましたが、内《うち》田百閒《だひやくけん》氏の随筆など読みますと、なかなか手間ひまかかりそうだし、当時僕は新聞社勤め、妻は病院勤めで忙しくもあり、とても満足な世話はできまいと諦め、鶯を木瓜《ぼけ》の鉢植えの根方《ねかた》に横たえ蘇生《そせい》するのを待つことにしました。鶯は幸いに正気《しょうき》を取り戻したようですが、いつ、どこへ飛び去ったのか僕は知らないままです。

この小さな小さな事件が、僕の頭に大きくこびりついて、いつか一編の物語にでもと思い努力してみたのですが、何しろ忙しく疲れ易いため集中できず、いつしか月が季となり季が年となり、とうとう定年。住居も妻の実家に近い大分県別府市、温泉まちに転居。これが時を得、所を得たのでしょうか。やっと、しかし鴬を雀に替えて、どうやら作品らしきものに漕《こ》ぎつけたわけですが、当の鴬に捧げようにも、もちろん消息不明。と言うより、もはやこの世にいるはずもないでしょう。

この作品は六〇%の真実と四〇%の嘘で構成したつもりですが、どこまでが真実で、どこから嘘なのか、書いていくうちに自分でも見当がつかなくなってしまいました。創作とはそんなものではないでしょうか。それ以前に実は、後に「梟《ふくろう》の城」で直木賞受賞、その前後に退社された記者時代の同僚、司馬遼太郎氏の眼鏡の顔がモデルにぴったりと思ったこともあるのですが、文化勲章まで登りつめられたとあっては「やれやれ、大変な失礼をするところだった」とひたすら、氏のご冥福を祈る日々をつづけております。

人間は出合いにはじまり出合いに終わるとさえ言われております。主人公が出合ったのは幸か不幸か一羽の雀でした。大酒家とあれば酒との出合いこそ、とも言えますが、この方《ほう》はむしろ出合いと言うより遺伝、宿命ではないでしょうか。

ところがその雀、話せないまでも人語を解する勝《すぐ》れものへと、主人公の心の中で昇華《しょうか》していきます。さらに、自然破壊に鈍感な人類に警鐘を鳴らし得る唯一の救世主に祭り上げられていきますが、それはもちろん、主人公の錯覚が呼び起こした妄想です。だが、なぜ主人公は妄想に陥《おちい》っていったのか。彼の妻が言うように、己《おのれ》の酒を合理化するための後講釈《あとこうしゃく》に過ぎないのか。主人公はその妻に向かって錯覚も妄想も、人間が人間であることの証明だと大まじめに言い切ります。

僕はこの作品の中で、人生とは——などと大上段から問いかける大《だい》それた考えは持っておりません。また、その柄《がら》でもありません。ただ、幾分かの人生のペーソスを感じて頂ければ無上のしあわせとするものであります。

目次

リズムのない詩は、もはや詩とは言えない
それは単なる散文である

三好達治

詩とは、何を書くかではない
いかに書くか、である

著者敬白

長編詩　冬に朽ちていく花

(1)

夏花の黄はひまわり
菜園のみどり　ハウスの白　黒々とした畝《うね》
線路ぞい
整然とした市松《いちまつ》模様の畠が広がる
鉄路は長々とした一直線
灼熱《しゃくねつ》の下でかげろう立ちながら銀色に光り
草そよがせて　電車がすべり込む駅舎は
みどりと無縁
チョコレート色のビルの高架駅だ

そんな風景が

角机《かくづくえ》の幅ほどに開けられた窓ぎわから
はるばると見渡せる
インクも溶けるほどの暑さ
ボールペンの幾行かが便箋の上で黒光りして
書いた小口《こぐち》から袖口で汚される

誰に宛てた便りやら
小さな咳《せき》のたびに
男の痩《や》せた襟首が鳩のようにお辞儀
便箋もめくり兼ねるかのような左手の震えは
風の助けが欲しい

去年は咲き初《そ》めから朽ちていく日まで
なぜかはかなげだったサルスベリ
よみがえった姿で

今年、庭先にピンクの花ざかりとなっている
雀のさえずり
ただ一羽
勾玉《まがたま》に似たベージュのくちばし

僕の身じろぎのたびに　サッと知らんぷり
思わせぶりな雀だ
歌でも聞かせてくれたらどうだ
ならば、しばしのお相手　しないでもないが
暑さしのぎの饒舌《じょうぜつ》なら
さっさと涼しい森かげへ帰るがいい
雀が、そっぽ向いた

先生には一別以来無音《ぶいん》に過ぎ　お許し下さい
お変わりございませんか

七月は実は僕の生まれ月
幾分でも他の月よりは意欲的になれますようで
心と体に鞭打ちながら筆をとりました

ご忠告はいつも肝《きも》に銘じつつも
近頃の親子
いや、親子とも思えぬ殺傷沙汰
見るにつけ　聞くにつけても
幼い頃の
母にむやみと盾《たて》ついていたわが身が顧《かえり》みられ
癒やせるはずもない、酒に逃れる始末

今では酒が先か
すさんだ世相への嘆きが先だったか
飲むほどに意識もうろう

そうなると余計に　後先《あとさき》忘れて飲むわ飲むわ
お恥ずかしい次第

それに致しましても
兄弟は他人のはじまりとは申しますが
永遠の謎というのは
むしろ親子の間のように僕には思えまして
生《な》さぬ仲でもないのに

突然、けたたましく白い救急車
この暑さ
どこのお年寄りが倒れたやら　昨日の今日だ
表通りをピーコピーコピーコ
右に曲がります　ご注意下さい
雀がキョトン

右に、と言いかけたところで左に
左に曲がります
クルクルと赤色灯
救急車は狭い三差路で身をよじらせ
バトンタッチを焦るランナーのように
前のめりで裏通りへ　とろとろ坂を下る
雀がパッと西空へ

後にこぼれ落ちるサルスベリの小花
男がせき込み
酒がこぼれて便箋を濡らした

（2）

三方から一膝《ひとひざ》乗り出し
町をつつみ込んだ格好の深みどりの山々が
今日も眼下の海に
語り尽きぬ四方山《よもやま》話を持ちかける
ふもとの里の
絶え間なく　白じらと立ちのぼる湯けむりが
白さを、夏雲ときそっている

見飽きぬものだ
男が言いかけて苦笑い
飲むほどに青ざめていく細面は本物の酒のみ

切り子細工のコップ酒を
ゆらめく青空ごとグイッと一息に
これがいけない
だが、これものどけきふるさとのせい
ブツクサ
責任逃れは酒のみの悪い癖

それはそうと
思案げに男が右手でコップを回す
あれは何年前になるかな
国道10号で車にはねられて片腕を切断
高崎山の若い猿を
飼育係と獣医で懸命に救った話がある
心あたたまる美談に違いないが
猿の不注意は頂けない

昨日、右と左
人語を聞き分けたとしか思えぬ雀の臨機応変
僕の見るところ
ＩＱ＝知能指数の高さは雀が上ではないか

そんな、すぐれものなら
膝つき合わせ
じっくり語り合ってみたいものだ
いやいや、慰めは言わなくていい
慰めに勝《まさ》る沈黙で
僕のグチを聞いていてくれるだけでいい
酔いをまぎらすに酒をもってする
持って生まれた僕の宿業《しゅくごう》について

酔いも回らぬうちに頭がしびれて来るのは

僕の前世が
孤独のわびしさに身もだえしているからだ
僕とともに
彼岸の宴《うたげ》に狂いたがっているのだ
僕を死にぞこないと見て
そろそろ楽にしてやろうと思っているからだ

酔えば酔ったで泣き上戸《じょうご》になるのは
僕の現世が
いとわしく情けない
己の酒癖を持て余しているからだ
些細《ささい》な雀ほどのことで笑い上戸になるのは
酒にも慰まぬ心の、裏返しなのだ

僕の酒は隔世遺伝のようだ

母方の祖父からと聞いた
父は全く飲まない
芸者はしていたが母も決して飲む方ではない
だが酔いどれた
その姿が悲しかったのか　憎かったのか
よく分からぬまま
僕の心にトラウマとなり
折に触れて僕を苦しめる
父も母も既に幽明界《ゆうめいさかい》を異《こと》にした今となっても

西日のふところで山が暮れはじめた
やがて街が暮れる
庭のサルスベリが宵の余熱にため息をつく
僕も、どうやら
この冬を前に朽ちていく花なのかも知れない

行き止まりの未来
過去と現実がせめぎ合う、いびつな三差路で
あるいは　あの雀よりもはかなく

（3）

深酒がつづけば胃もたれもするだろう
胸も灼《や》ける
夢とうつつのけじめが危なくなって来ている
だが、この雀との出合い
地獄で仏——の逆転劇になるやも知れぬ
やっと見つけた生き甲斐
いや、この男には
死に甲斐と言った方がいいか
あの雀捕らえてこそ何かがはじまるのだ
高が右手のコブシほどの雀にのめり込んでいった

出合いから四日を悶々《もんもん》
救急車のお年寄りは命に別状なしと聞いた
迎えた五日目

すゞめの　お宿へまねかれて
じじが選んだ　つづらには
ザクザク　ザクザク
おみやげ一杯　宝の山

じぶんの仕打ちも　忘れたげに
ばばがねだった　つづらには
ゾロゾロ　ゾロゾロ
がらくたの底から　蛇やむかで

思い出したのは

四百五十年前　室町時代にできたという昔話
昔も今も変わりはない　雀のＩＱの高さ
先人も伊達《だて》や粋狂で
雀を主人公に選んだりするはずがない
だが、なぜ男はそんな昔話に頼ろうとする
既にそれほど自分の目と耳が信用できぬのか

仕掛けには突っかい棒とザル
捕らえた雀はアールデコ形の鳥籠の中へ
スリ餌には奮発した上質の粟粒
朝ごとに取り換える水には甘い湧き水を
晩には　小まめに籠《かご》底のフン掃除を

あの日のすぐれものに違いない
満足そうに男が呟《つぶや》いた

うるさい鳩にわずらわされることもない
気取るのはいいが、やたら潮臭い
汚いフンのカモメに閉口することもあるまい
食に飢えず
カラスに追われず
気のせいか鳴き声も満ち足りたような響きが

やはり去年の後遺症なのか
それとも季節の移ろいが早まったというのか
心なしか
サルスベリの花色が薄れかけている
段違い平行棒に似た
二本の細い止まり木を飛び交いながら
雀がふっと何かに聴き入る様子を見せる
小首をもたげたりする

（4）

時どき咳払いのようにチュクッと短い忍び音《ね》
満ち足りた衣食住にも
満たし切れぬ余白があるというのか
例えば
菜園のみどりや夜露朝露の冷たい感触とか
あるいは
大空の今までに見たこともない青さとか

男は
夜の明け放れとともに起き出すようになった
思わぬ冷気に

大きなクシャミをすることもあった
驚いた雀が
止まり木からころげ落ちそうになったことも

それにしても
チチ　チュチュ　チュクチュク
チュンチュン――雀のコミュニケーションは
これしきの
五指で間に合うほどの簡単な組み合わせとは
そうとも知らず
気の遠くなるような時間
人間は雀を理解する労を惜しんだことか

雀との意思疎通
思ったほどには手間ひまかかるまい

だが、男が意気込む裏で
雀は日に日に痩せが目立っていった
飛び散ったままの心づくしの粟粒
こぼれた湧き水
峠のお地蔵さんのように
止まり木の端につくねんとうずくまり
男の世話好きを
いかにも、ありがた迷惑げに見つめている

これは何としたことだ
配慮に抜かりはなかった
それなりに雀は落ち着いていたはずなのに
その依怙地《いこじ》な沈黙
何がどうしたというのだ
一目《ひとめ》でもいい

僕の目を見ておくれ
もう幾日も朝に晩に
お前の目だけを見て暮らして来た僕の目を

今日までのこと　思い出してご覧
お前は決して終生の捕らわれの身ではないよ
お願いだ
固く身構えたその翼　パタパタとはばたかせ
僕の取り越し苦労だと笑ってくれないか
あの日のサルスベリの枝でのお前のように
雀が、そっぽ向いた

あゝ、やはり嫌だというのか
今日ばかりは
人語を解するお前がうらめしい

男がぼやく
例の通り宿酔《ふつかよい》の抜け切らぬ酒臭い息とともに

（5）

山の端《は》あたり
餃子《ぎょうざ》の白い薄皮のようだった月が　琥珀色に
いつの間に
どなたの深情けに染められたものやら
陰暦八月十五夜の月

今夜は仲よく　お二人で水入らず
白い尾花のかげ
肩寄せ合い
若き日の
馴《な》れ初《そ》めの頃　思い出しましょう

豊かとは言えない　暮らしのこと
人の噂　雀のこと
グチのタネも　しばらく忘れ
あなたを愛する　奥様と
あなたも愛する　奥様と
白い尾花のかげ　語り合いましょう

団子代わりの丸いタクアンが濃紺の皿に
妻の酌ではまどろこしい
せわしく手酌　妻はそそくさと台所へ

雀の世話では
妻は気に入っていたはずなのに
なぜ、ここに来て

まるで人変わりがしたように
放てと言う
目を覚ませと言う
雀で途方に暮れている男
今、また　妻の心変わりにとまどう

教育とは
大人が子供を理解することではない
子供に大人を理解させること
それが教育だ

雀にしても
理解し尽くそうといたずらに時を費やすより
僕のこの燃える情熱
揺るがぬ信念

雀に分からせるのだ
このすぐれものなら
愛を受け入れ鞭《むち》を避ける愚《ぐ》など
決してしないはずだ

厳しさのない教育など　もはや教育ではない
生ぬるい
日向水《ひなたみず》のような勉強ごっこに過ぎない
教わらずして何が学び取れる
しつけられずして何が身につく
己の生き甲斐ということも
学びとしつけの厳しさの中からではないか

妻が顔をのぞかせる
徳利に向かってブツブツ呟いている夫に

酒はもうない
たしなめて　さっさと風呂支度
蛇口をほとばしる
湯の音が　静かな夜に夏の終わりの気配

雀こそ　いい迷惑だわ
何が教育
末は博士か大臣にでもするつもりかしら
何が燃える情熱よ
燃えているのは身内《みうち》のアルコールだけ
何が信念
目的が分からない
厳しいだけのしつけなら　いじめじゃないの

（6）

一夜が明けて
外は思わぬ雨になっていた
植え替えた後
しばらくしおれていた軒下の鉢花の幾つかが
夜と雨に生きかえり
雨が上がれば
また日差しが気にかかるものの
四夜五夜のうちには元の姿を取り戻すだろう

妻の目に　男はその心を垣間《かいま》見たが
僕の心は妻にも知れている

今にきっと分かってくれるはずだ、と思った
酒にむしばまれ
迎える僕の死はむなしいものだとしても
だから生までむなしかった
――と、あれこれ周囲に逆算されたくはない

その心の片隅で母を思う
座敷で仲間芸者とさんざめく母の声から逃れ
夜の裏藪の
ざわめきに聴き入った子供の自分
なぜ、母は父を許せなかった
酒も飲めぬ子ぼんのうな父ではなかったか
なぜ、芸者までして意地を通した

網目を透《す》かし　男は雀の目に見入った

まるで、そこに　雀のかたくなな態度に
母の生きざまに通じる
妻の、女の一念が見え隠れしているかのように

僕はお前に人語を語れというのではないよ
オウム、九官鳥でもそれはできる
だが、お前のように意味を解することはない
お前には　託された任務がある

誰から——生きとし生けるもの
すべてと言えるだろう
今年は間に合わなかったバードウィーク
来年の五月十日　初日には
お前は幾千幾万の仲間達の先頭に立つのだ
街の電線という電線を埋め尽くし

公園の木立《こだち》という木立を膨《ふく》れ上がらせるのだ
抗議の大合唱を
巷《ちまた》に山に野に、とどろかせるのだ

チュクチュクチュク――空気を空気を空気を
チュチュチュチュ――餌を餌を餌を餌を
われわれに生きる権利を

その声の激しさが
人間に意味を悟らせる
人々は街頭に立ちすくみ　山野にうずくまり
恐怖に近い感動を覚えるだろう

生きものの魂が叫ぶ時
人語も雀の声もあるものか

言霊《ことだま》を宿し　喉《のど》も裂けよと絶叫する主張は
親と子でいがみ合い
西と東で事《こと》ごとに顔をそむけ合い
人間同士でありながら言葉が通じ難《にく》くなった
索漠《さくばく》の世に
再び言葉をよみがえらせ
地球を救えと諭《さと》す、天の声となるに違いない

（7）

一日の寒暖の差が大きい
そんな、月の半ば頃
朝早くから男の家から歌声が聞こえはじめた
町を囲むあの山この峰には紅葉がチラホラ
海ぞいを
博多行き電車が音もなく流れ去る

男は浴衣を裾短かに着ていた
青地に雀模様の切り紙を糊で貼りつけていた
腰回りに雀色の前掛け
さらに驚いたことに

大名行列の奴《やっこ》がかぶるような饅頭笠《まんじゅうがさ》
雀踊りのいでたちだが

手を高々と頭上で交差させてみたり
X形に両足を交差させ雀のご機嫌を伺《うかが》ったり
歌いつ踊りつの様子は
雀踊りには程遠いフラメンコ風の安来節《やすきぶし》とも
口元には象牙《ぞうげ》色に
白味噌が塗られているという念の入れよう

ちいちい　ぱっぱ　ちい　ぱっぱ
すゞめの　がっこの　せんせいは
むーちを　ふりふり　ちい　ぱっぱ
せいとの　すゞめは　わになって
おくちを　そろえて　ちい　ぱっぱ

雀が仰天《ぎょうてん》した
目の色は恐怖におびえ
ガリガリと鋭く　爪で籠をかきむしった
台所では
朝食の下ごしらえをしていた妻が
味噌汁の大根をきざみ損ね左の指先を切った

あれほど先生から、たしなめられ
依存症さえおさまれば
復職に障害はないと言ってもらっているのに
雀にかまけはじめてからは
何が悲しいのか嬉しいのか
泣いたり笑ったり

前世が身もだえしているとか
彼岸で一緒に酒宴をしたいとか　始末が悪い

舌切り雀の話も気味が悪いわ
ひょっとして　この雀
カラスに負けないほどの復讐心の持ち主では
雀踊りまでして
夫のお追従《ついしょう》ぶりが滑稽《こっけい》

度肝《どぎも》を抜かれた雀は　しかし
籠の底で疲れ果てていた
男が手際《てぎわ》よくスポイトで水を吸い上げ
いじけたように閉じる雀の口元に当てがう
喜び過ぎだよ
お前と来たら

息が切れるほど　はしゃぐことはないだろう
男には
雀の狂乱も　歓喜の甦《よみがえ》りとしか映っていない

(8)

夫の酒は八岐大蛇《やまたのおろち》のよう
私は大蛇の邪恋におろおろ　稲田姫《いなだひめ》のよう
どこかに救いの神
素戔嗚尊《すさのおのみこと》いないかしら
大蛇の尻尾からは
天叢雲剣《あめのむらくものつるぎ》が出た
夫のどこを切れば
そんな名剣が出て来るの
邪道《じゃどう》ばかりが似ていて
出て来るのは舌切り雀の昔話ばかりじゃない

あなたは頭で妄想菌
お腹《なか》で腫瘍《しゅよう》を飼っている
休養も栄養も
これでは狂気と病気を進行させるだけ
そのうち　ご多分にもれず
根気がなくなって来る
体も細って来るわ
あなたは
私達夫婦の愛まで枯らそうとしているのよ

どこの精神科医の
退屈まぎれの病理講座ですか
話に聞く
もはや戦後ではない
一億総中流とコブシを挙げて叫んだそうな

どこいらの政治家の
選挙演説の方がよっぽど退屈凌《しの》ぎになります

それに二言目には
妄想が僕をむしばみ狂気に駆り立てると言う
言っておきますが
僕をむしばんでいるのは、酒だけ
妄想は友　狂気は妄想を理想に高める噴射剤

大望《たいもう》を持つ人が毎夜お酒に溺《おぼ》れるものかしら
ひょっとして、あなたはもう雀のこと
考えられなくなっているのでは
お酒の力を借りずには
疑念が芽生えているのよ

それを認めるのが怖くって　また飲むのだわ
断じて、違います
――とは言うものの
男の胸が騒いだのは
虚を突かれた思いのうろたえからだろうか

それに、妄想か理想か
時代が百年後に決めることです
僕達はただひたすら信じる道に努力するだけ
ついでですが
理想が妄想と無縁だった時代など
今日まで、あったためしがありません

雀が右と左を聞き分けて対処したなど
鳩に聞かせたらククク ッと笑い死にするわ

それを見たカラス
気の毒にと喪服姿でお悔やみを言いに来るわ
呆《あき》れた妄想狂は君じゃないですか
まあ、いいでしょう
妄想は自然界にはない　人間だけにある因子《いんし》
記号を持たない元素のようなもの
妄想こそ
お互いに人間であることの証明なのですから

お互いに、など言わないで
その右手から放さない
徳利にでも言ったらどう
でも、まあいいわ
妄想が人間であることの証明だそうで

あなたが私に下さった最後のプレゼントだわ
私が結婚したのは
決してピテカントロプス＝直立猿人じゃない
――と証明されたわけだから

この日を最後に
妻は夫の家を出た
指先に残る包帯の白さが　夫の目にしみた

(9)

空はいよいよ高く　秋が更《ふ》ける
その空に向かって雲の貼《は》り絵でもするように
男が呟いた
人間、何をしたかではない
何をしようと努力したかなのだ
庭に香る黄菊が盛《さか》りを思わす爽やかさだ

男は朝に歌声を、夕べに口説きを　雀相手に
けたたましいと言えばけたたましい
隣の女房がウンザリ
我慢にも限度があるわ、と男に咬《か》みついた

できれば男の妻に言いたい
今は止むなし
化粧でもおおい切れなくなった目のふちの隈《くま》
睡眠不足ありあり

気も狂いそうです
いや、もう狂っているものがいます
犬は一日中　誰彼なく吠えかかるわ
猫は一歩も外に出ようとしないわ
一体あなたの家では何がどうなってるんです
猫よりおとなしい主人なのに
言ってましたよ
止めないようなら雀の舌を切るか
あなたの歯
一本残らず抜いて標本にしてやる

男が目をむいた
幾ら歯科医でも
いきなり切るの抜くのと穏やかではない

歯を抜かれるのは我慢しましょう
僕には酒があればいい
酒はあなたもご存じと思いますが
昔から噛んで食うものではありませんからね
ですが、雀は我慢強くありません
舌切り雀の昔話——雀のＩＱの高さの証明
あなたは　どんな報復に遭《あ》うやら
それに、今や雀の舌は人類の頼みの綱
人間は環境より利己《りこ》を優先
生きとし生けるもの　共存の理想郷実現には

雀の舌に抗議の叫びを乗せるほかには

あなたのおっしゃる理想郷
いつのこと
このままでは私達　その前に
盆にしか帰って来れない幽霊になるでしょう

きょう日　大人でさえ日本語が危なっかしい
教育者なら
もっと人間様《さま》に目を向けて欲しい
あなたはお門《かど》違いのことをしているのです
百歩譲って
雀が人語をマスターしたとしても
彼らにエゴイズムがないと言い切れますか
そうだとしたら

どうして人間との調和　図《はか》っていけるのです

人間の意のままになる
ロボットをこさえた方が早道なのではないの
拡声器を内蔵し
あなたの言う　環境破壊反対を叫ばせては
男の胸が騒いだ
虚を突かれ、慌てた
この当惑　以前にもどこかで味わったような

⑩

目をいからせて詰め寄った隣の女房の形相《ぎょうそう》が
その一語一語が
胸によみがえって
ロボットならぬ身を不運と思ったりする
そうかも知れない
そうでないかも知れぬ
くよくよと　どうにも決まりのつかない顔が
弱々しくタバコの煙にむせる

あの日の先生の顔がそうだったな
夏の日差しが青桐の葉の色を反映させていた

図書館の片隅
僕の酒癖にホトホト呆れた風《ふう》で
しばらく休職せよ
戒《いまし》めた時の、常にはない
目をいからせた眼鏡の顔が思い出される

仲間の雀か　二、三羽が
隣家との境になっている低い竹垣を
音符のようにヨチヨチと伝い歩きしながら
気づかわしげだったのも初めのうちだけ
捕らわれの罪人《つみびと》か
情けで囲われた姿か
ままよ、しあわせそうなら
それでよい——と見切って安堵《あんど》したものか
拭ったように現れなくなった

雀のエゴイズムとは
あの女房
顔は丸いのに妙に角張《かどば》った理屈を言って来る
猫よりおとなしい主人だそうだが
何が気に入らない
しょっちゅう、海岸で
捨て猫を追い回しているではないか

男が海岸へ
逝《ゆ》く秋の後姿のようなサルスベリの横を抜け
着古した銘仙《めいせん》の着流し
よれよれの男帯
下駄は木目の浮いた日田《ひた》杉を焼いたもの
馴染みと言えばそれまでだが

どこかに、どことなく
妻がいなくなった家のわびしさが滲《にじ》んでいる

雀への愛憐《あいれん》に
心ひかれた一時《ひととき》がなかったはずはない
それを魔性《ましょう》と恐ろしがる
夫へ心傾けつつも
妄想から覚めよと手厳しい
それもこれも
実家が仏門につながる身だからと言うのか

遠い目になり　見やる先
国東《くにさき》半島が青みがかって横たわる
仏の里——妻はそこにいる

貧しかったけれど夫と暮らした幾年
思い返してくれているだろうか
夫を許せなかった
自分に　わがままはなかったか
思い直してくれているだろうか

あるいは、自分の心変わりを恥じでもして
御仏《みほとけ》の慈悲にすがり
トボトボと救いの道をたどっているだろうか
思えば哀れ
だが、妻のいなくなった虚《うつ》ろな家で
たった一人で死んでいくだろう、僕も
哀れと言えば哀れではないか

そんな空を

番《つがい》となった後は一生添い遂げるそうな
白鳩が　たった一羽で半島を目指す
あれは——僕の身を抜けた孤独な魂
僕は妻を愛している

（11）

国東半島を左に見ると
右手はるかに速吸瀬戸《はやすいのせと》——豊予海峡の急潮
愛媛県佐田岬と大分県佐賀関《さがのせき》に挟まれた海域
それと分かるか、分からぬほどに
四国の山波が
垂れ込めた灰色の雲のように静まっている

男は手にした鳥籠を足元に下ろした
その足元に波が寄せる——自然の海岸である
子供の頃
夜の闇で聞いた

裏の竹藪のざわめきに似ていると思った

母は父の何が許せなくて離婚したのか
弟の妻は
弟のどんな仕打ちが我慢できず離婚したのか
子のある身で
昭和の激動にもてあそばれたとしても
平成の混沌《こんとん》に道しるべを見失ったとしても
過ぎゆく日々の中で
子供心に
悲しみが喜びに変わることなどはない

僕も今　宿命のように
波音ばかり高い
冬ざれの海辺の町で　離婚しようとしている

酒を責めて
今さら　どんな過去を呼び戻そうとするのだ
雀を責めて
この先　どんな償いをさせようと言うのだ
男が鳥籠をのぞき込んだ
雀が、そっぽ向いた

翁《おきな》椰子の高い葉末に　海風《うみかぜ》が鳴っている
近くに大学がある
寮生が二十人ほどでバーベキューをはじめた
トリ肉をあぶる
浜ぞいに立ち込める香ばしい匂いを
折から出港
四国行きフェリーの太い汽笛がまぜっかえす

爆竹のはぜるような
雀の仰天
歓声に湧く学生の群れに向かい
目を見張り　鎌首をもたげ
痛々しいほどに網目をかきむしった

男の雀踊りでは
籠の反対側から必死の逃亡を図ったものだが
今、それは
誰の目にも命がけの抗議か
挑戦と映るに違いない
チチチ　チチチ
チュチュチュチュチュ　チチチ　チチチ

男が小躍《こおど》りした

時ならぬ青天の霹靂《へきれき》を聞いたほどに驚いた
なんと　この雀がついに口を利《き》いた
チュクチュク　チュ　チュクチュク　チュ
チュンチュン　チュンチュン
雀は止むことなく
男が知る限りの鳴きようで叫びつづけた

男には　雀の驚愕《きょうがく》も恐怖も
久しぶりに目にした
暮れゆく大空と大海原《おおうなばら》への感動と映ったのだ
喜び過ぎだよ
お前と来たら
また以前のように　息が切れて疲れ果てるよ
言った後で　突然、男は
トリ肉——犠牲《いけにえ》の儀式

いけにえを求める心こそ
エゴイズムの象徴ではないかと思った

（12）

じじもばばも貧しかったに違いない
糊は大事に使われていた
事もなげに　それを横からついばんだ雀
ばばの腹立ちはもっともだ

だからと言って
鋏《はさみ》で舌を切らねばならぬほどの
いけにえが必要だろうか
ばばの報復は確かに度が過ぎたものだ
片や雀
つづらの底に蛇やむかでを潜《ひそ》ませていたなら

わが家に帰り　つづらを開けたばばが襲われ
咬み殺された可能性　決して低くはない
雀の求めた儀式はばばに輪をかけた残忍さだ

男がもう一度
舌切り雀の昔話をグズグズと考え直している
この物語から
先人は何を悟れと言うのだ
勧善懲悪《かんぜんちょうあく》としても
血まみれの
修羅《しゅら》を求める教訓などあっていいのか
もしそうなら
原爆の悲惨を誰が非難できる
雀の復讐は魔性の無気味さと言うほかない

めぐりめぐる因果応報だ
糊をめぐる雀のエゴイズムがばばの憎悪《ぞうお》を
ばばの憎悪が雀の憎悪を
それに気づかず
じじのつづらを羨《うらや》んだばばのエゴイズムが
己の末路を
雀のエゴイズム――隣の女房がそう言った
雀の復讐心――妻がそう言った
同じことを二人は裏表から言ったに過ぎない

じじはどうしたのだ
雀の可憐《かれん》さを愛しながらも
妻を惨殺されては平静でいられるはずがない
墓前で涙にくれたか
仇討《あだう》ちの旅に出たか

あるいは止《と》めどない復讐の連鎖となったか
物語は黙して語らず
気味が悪い――妻が恐れはじめたのも
実はここのところだろう
初めて　男は妻を理解したと思った
だが、もう遅い

(13)

僕は生き急いでいたようだ
死に急いでいたようにも思える
どっちにしても
己にかまけ過ぎていたのは間違いない
揚げ句に妻の心を見失った

男の留守に
妻が代わっていそいそと雀を世話していた頃
男の机の引き出しに、そっと忍ばせた
妻の詩がある

すゞめのお宿は　町はずれ
しずかな　しずかな　竹ばやし
すゞめがそろって　かえるころ
小首かしげて　手をふって
おかえり　おやすみ　またあした

すゞめのお宿は　川向こう
さわさわ　さわさわ　竹ばやし
すゞめがさそわれ　うたうころ
かやぶき屋根の　一軒家
いつまで　ちらちら　まど明かり

すゞめのお宿は　山すその
のどかな　のどかな　竹ばやし
すゞめがつかれて　ねむるころ

ゆめで重《おも》った　わらの巣に
やさしく　明るい　峰の月

妻とは生きて再び会うことはあるまい
その妻が言い残していった
あなたは
私達夫婦の愛まで枯れさせようとしてるのよ
そうだろうか
夜と雨によみがえった
軒下の鉢花の幾つかを、君は見ないままだ

部屋に差し込む日足が長くなっている
めぐるコースが変わったからだろう
机に屈《かが》む男の背を明るく浮き上がらせている

先生　どうやら年貢《ねんぐ》の納め時が来たようです
もう、いけません
咳がひっきりなし　血もまじって来ます
今、僕は何を書き残せばよいのか
いや、この世に書き残すことなど
それより
あの世で父母にどう申し開きを

何を分からないことを、とお思いでしょうが
詳しくは
きっと　妻の方からお聞きになると存じます
お忙しい先生に
僕のような男のことで　心をお騒がせし
つぐない切れぬままの生涯《しょうがい》
深く恥じております

恩師に宛て　書きさした手紙のつづき
半年近い月日の変わりようを
切手が貼られることのない
もはや遺書に姿を変えた、その行間に
くっきりと浮き立たせている
折からの日差しの中の男の後姿のように

（14）

むずかる秋に梃摺《てこず》っていた街の佇《たたず》まいも
一気に師走模様となり
にわかクリスチャンが
いらいらと
クリスマス・ソングに心急《せ》かれている
男の家の裏庭では
サルスベリがすっかり裸木《はだかぎ》になってしまった

このところ
朝な夕なのけたたましさが消え
ものは言ってみるものと喜んでいた隣の女房

庭掃除がてら
垣根から恐る恐る窓越しの座敷をうかがった

ポツンと所在なげに鳥籠が置かれている
机にうつ伏せるようにして男が眠っている
酒《さか》びんが一本　コップが一つ　小皿が一枚
どんな夢路に遊んでいることやら
この寒空の朝冷えに
座ぶとん一枚当てるでもなく　例の着流し姿
哀れ、男は三十九で死んでいた

風花《かざはな》の散らつきそうな薄ら日
籠の口が開けられたままなのは　男の仏心《ほとけ》か
だが、雀は逃げもやらず
黒みがかった止まり木に威儀を正し

隣の女房の口を借りれば
あたかも葬儀委員長を務めるかの風情《ふぜい》だった

実のところは　はばたく力も萎《な》え
大空の限りない自由も
とうに忘れてしまっていたのかも知れない
聞く由もないが

突然、ピーコピーコピーコ　白い救急車
右に曲がります　ご注意下さい
籠の雀がキョトン
暑さ寒さにつけお年寄りの受難がつづくのか
右に、と言いかけたところで左に
左に曲がります
クルクルと赤色灯――隣の女房の早手回しだ

雀がパッと西空へ

だが、雀は何もかも忘れていた
籠のてっぺんにあるのは固い鉄金具
頭頂をしたたかに打った雀はもんどり打ち
男がやさしく用意していた
溢《あふ》れる水の壺底《つぼそこ》へ真っ逆様というのも皮肉だ

亡骸《なきがら》は翌朝
例年より早かった初霜の庭
サルスベリの根方《ねかた》に
急報で駆けつけた妻の手で丁寧に丁寧に
やわらかな黒土の底深く葬られた

愛する妻へ

報《むく》いの来るのが少々早かったなど
この期《ご》におよんで同情なんかしないで下さい
これでいいのです
僕の死については
いろいろ経緯《いきさつ》をいぶかる人はあっても
そろそろ時が来たものであること
疑う人は誰一人いないに違いありません
涙が出るほど滑稽な
独り芝居の幕切れなのです

やつれた身から
噴き出す血が　こんなにあたたかいとは
だが、それも
冬の風ですぐに冷えていきます
僕の末期《まつご》の一部始終は

籠を抜けた雀の口からでも
雀が嬉々《きき》として僕の野辺送りを見守る様子は
いつか君の口から僕の墓前へ

隣の奥さんによろしく　僕が迷惑をかけたと
それでも
やはり人間より雀の方がかわいい
——僕がそう言って死んだと

⑮

夫のせっかくの好意だったのに
逃げもしないで
人語のことは別として
この雀、案外　夫の心が通じていたのかしら
人と人
人と生きもの
言葉は通じなくとも
心はしっかり結ばれている例はあるにはある
私は夫を愛していたが
妄想を愛することはどうしてもできなかった

夫が自分の酒を遺伝だと言うなら
私の妄想嫌いも遺伝だと言うわ
言葉は通じるのに
心が通じない、いら立たしさの連続だった

売り言葉に買い言葉っていうのかしら
言葉が通じるばっかりに
思わぬ別れになってしまう例だってある
あの雀だって
夫と意思疎通ができていたとしても
そっぽ向いて夫を拒《こば》んだことは幾らでもある

雀が右左を解して行動したということも
夫の話に聞いただけ
私がその場で目撃したわけじゃないわ

君が現場にいたら
もっと違った考えになっていただろう
夫は言ったこと、あるけど
私が賛成すればいいという問題ではなさそう
それが夫の妄想だったか
そうでなかったか
知っているのは夫でも私でもない
当の雀だけなんだから

でも、あの雀
死んだ姿で私の疑問に答えたというのかしら
いや、私はそうは思わないわ
やはり、ここは
確かめる術《すべ》はもう何もない——と言った方が

雀の最期の様子は隣の女房しか知らない
どうにも決まりのつかない顔の妻が
恩師へ知らせる夫の訃報《ふほう》を考えながら
隣近所の弔問客に応対している

男の葬儀は冬晴れの空の下で
午前中から昼過ぎにかけしめやかに行われた
生前、世話になったと
酒屋の主人が葬儀を取り仕切った
葬送曲の指揮者のようなカラスが
カアッと一声《ひとこえ》
悲劇の家の上を鳴いて一直線に飛び去ると
男の野辺《のべ》送りだ

サルスベリ

私がそっと会いに来たの　気づいたかしら
秋口に早ばや、はかなげだったけど
来年には　どんな色に咲くんでしょうね
誰もいなくなったこの家の、夏の日ざかりに

完

（平成21年〔２００９〕5月6日、別府市青山の自宅にて）

あとがき

詩は老年の文学である、と言った人がおられます。なぜ老年の文学なのか。スタミナ切れの老人には短文学がふさわしいという意味か、また戦前、戦後を問わず、そうなのだと言い切っているのか。いまだに、これが正解という答えに行き着けぬまま、それを正に地でいったように、七十五歳で僕は処女詩集『猿と老人』（一四四ページ）を出版しました。

手前味噌はさておき、雀のエゴイズムを隣家の女房に指摘された主人公は、藁《わら》にもすがる思いで雀のＩＱ（知能指数）の高さのよりどころとした舌切り雀の昔話を、もう一度考え直さざるを得ない羽目《はめ》に追い込まれ、ついに雀の教育（実は飼育）を放棄。すべては自分の独り芝居に終わったという遺書を残して持病の悪化で死んでいきます。だが、夫と死期を同じくしたように籠の中で死んでいる雀を見た妻は、夫が末期《まつご》の仏心《ほとけ》でせっかく開けておいた籠の口から逃げようとしなかったなんて、雀は夫と心が通じ合っていたのではないか。とすれば、雀が救急車の右左を理解したと言う夫の話も、夫だけの妄想ではなかったかも知れないと思ったりするが、夫の錯覚だったか、妄想だと夫を責めた自分が果たして正しかったか——真実は当の雀だけしか知らず、その雀は既に死んでいる、と考え直します。

ただ、妻は、夫の妄想の発端《ほったん》となったサルスベリの枝での雀の行動も、死因となった救急車への反応も現場で見たわけではない。もし妻が現場を目撃していたら、夫が言うように、あるいは夫以上の妄想に陥った可能性もなきにしもあらず。

ところで主人公は、自分の生《お》い先は決して長くはないと、かねがね覚悟。自分の死はむなしいものだろうが、そのことで、自分の生までむなしいものだったと、人に逆算されたくないと思っている。妻もそのことは知っていたはずだ。

妄想とすると、最後に来ての妻の再度の心変わり——夫と雀への愛惜《あいせき》の念は、妄想は愛せなかったが夫は愛していたと言う妻の夫へのいたわりが言わせた弔辞代わりの嘘ではなかったろうか。

詩は老年の文学だそうで、そうであるならば、老いてスタミナ切れの僕に、とてもそこまで探り切れるはずがありません。

二野宮 昭（にのみや・あきら） 昭和6（1931）年，岡山県新見《にいみ》町（現新見市）生まれ。昭和19（1944）年，新見思誠尋常高等小学校卒業。昭和22（1947）年，旧制高梁《たかはし》中等学校から新制高校1年に編入。昭和25（1950）年，岡山県立高梁高等学校第一期卒業。昭和27（1952）年，産経新聞大阪本社に速記者として入社。平成3（1991）年，サンケイスポーツ競馬記者として退社。平成11（1999）年，大分県別府市に移住。平成18（2006）年，第一詩集『猿と老人』（新風舎）を出版。

長編詩《ちょうへんし》

冬《ふゆ》に朽《く》ちていく花《はな》

■

2009年8月15日　第1刷発行

■

著者　二野宮 昭

発行者　西　俊明

発行所　有限会社海鳥社

〒810-0074 福岡市中央区大手門3丁目6番13号

電話 092(771)0132　FAX 092(771)2546

http://www.kaichosha-f.co.jp

印刷　有限会社九州コンピュータ印刷

製本　渋谷文泉閣

ISBN978-4-87415-738-1

[定価は表紙カバーに表示]